MW00943546

Le Mystère du train de la nuit

Une aventure d'Axel et Violette

Texte et illustrations :
Marc Thil

© Marc Thil, 2015
Tous droits réservés
Dépôt légal : avril 2016
Loi n° 49-956 du 16 juillet 1949 sur
les publications destinées à la jeunesse

1. Le train mystérieux

Je sors du jardin de ma maison en refermant le portillon de bois blanc. Ma petite voisine Violette est là qui m'attend. En cette fin de journée de vacances d'été, nous avons décidé de nous promener après le repas, afin de profiter de la fraîcheur du soir.

Tous les deux, nous quittons le village des Bruyères, là où nous habitons, pour suivre la petite route qui longe le chemin de fer touristique.

La nuit tombe peu à peu et tout s'obscurcit. Dans le calme du soir, nous discutons de choses et d'autres, de nos vacances qui commencent, de ce que nous allons faire. Nous avons tellement de projets !

Mais brusquement, Violette me serre le bras.

— Regarde, Axel !

Elle tend la main en direction de la voie ferrée. Tout d'abord, je ne vois qu'une masse sombre, mais en m'approchant, je distingue un train composé d'une petite locomotive de manœuvre attelée à un wagon fermé.

Aucun bruit, le moteur est arrêté. Aucune lumière : le train semble abandonné.

Alors, discrètement, nous nous avançons...

La locomotive stationne sur une voie ferrée secondaire qui s'embranche sur l'unique voie principale. Ce tronçon ne doit pas servir souvent, il est envahi par les herbes et se poursuit en plein bois.

Nous arrivons au pied de la locomotive, énorme masse sombre dont la hauteur est impressionnante lorsqu'on est au niveau des rails.

Soudain, Violette me fait signe de ne pas faire de bruit tout en m'indiquant le wagon. Elle chuchote à mon oreille :

— Axel, j'ai entendu parler... dans le wagon !

— Dans le wagon ? Mais il n'y a personne, aucune lumière !

— Écoute ! De nouveau des voix…

C'est vrai ! Et brusquement, un raclement se

fait entendre. Une porte à glissière s'ouvre sur le côté du wagon et une lumière s'en échappe. Nous n'avons que le temps de nous cacher derrière un petit groupe d'arbres.

À l'abri dans le bosquet, nous observons deux hommes qui descendent du wagon. L'un d'entre eux referme la porte à clé. Puis les deux hommes montent dans la cabine de la locomotive.

Quelques instants plus tard, on entend le bruit du moteur qui démarre. Les phares s'allument et le train s'élance sur la voie principale.

Intrigués, nous parlons de ce que nous venons de voir tout en rentrant chez nous, car la nuit tombe.

En laissant Violette devant sa maison, qui est juste à côté de la mienne, je lui propose :

— Demain soir, nous reviendrons à la même heure… Le train sera peut-être encore là et nous essayerons d'en savoir un peu plus…

En rentrant, tante Aurélie m'accueille en me demandant si la promenade a été bonne. Je lui parle de ce que nous avons vu ; elle se contente de remarquer :

— Tu sais, Axel, il y a toujours eu beaucoup de circulation sur cette voie ferrée touristique.

— Oui, tatie, dans la journée, pour les touristes, mais pas dans la nuit !

Je passe le reste de la soirée à essayer de jouer un petit morceau de piano que m'a appris Violette, mais j'y arrive bien mal !

Je rejoins ensuite ma chambre et m'allonge sur mon lit, un bon livre entre les mains.

Vers neuf heures et demie, tante Aurélie entre dans ma chambre et me rappelle qu'il est l'heure de dormir. Elle me borde et m'embrasse tendrement tout en caressant mon front. Je la serre très fort dans mes bras. Je l'aime beaucoup, tante Aurélie. C'est un peu ma maman maintenant… C'est elle qui m'a recueilli après le terrible accident qui m'a brutalement privé de mes parents. Depuis, je vis dans sa maison qui borde la voie ferrée proche de la petite gare du village des Bruyères.

À peine ma tante est-elle sortie que je sombre dans le sommeil.

Il fait grand jour lorsque je me lève. La journée s'annonce belle. Toutes sortes d'activités m'attendent, et tout d'abord mes devoirs de vacances le matin, après le petit déjeuner. Ma tante y tient, je ne peux jouer que lorsqu'ils sont terminés. Je sais qu'elle a raison, alors je les fais bien volontiers. D'ailleurs, Violette vient souvent me rejoindre dans la matinée pour travailler avec moi.

2. La voie ferrée abandonnée

Une fois le soir venu, je me retrouve avec Violette sur la petite route qui longe la voie ferrée. Nous arrivons à l'endroit où nous avons vu hier la locomotive et son wagon.

Le train n'est pas là...

La voie secondaire où le train était stationné la veille se poursuit dans les bois. Je décide de la suivre avec Violette. Les rails sont rouillés et envahis par les herbes, comme si les trains avaient cessé d'y rouler depuis de nombreuses années. De grands arbres penchent leurs branches sur la voie ferrée qui est certainement abandonnée.

Pourtant, en observant les rails de près, je remarque que le métal est plus brillant sur la partie supérieure, ce qui prouve qu'un train doit parfois emprunter cette voie.

À mesure que nous avançons, la forêt s'épaissit au point de devenir impénétrable. La nuit tombe et l'endroit est sinistre.

Soudain, la voie s'arrête brutalement.

Elle est coupée par un immense hangar de bois plutôt délabré. Les rails se poursuivent sous les grandes portes du bâtiment.

Nous nous approchons encore, mais tout à coup, un bruit sourd nous arrête.

— C'est la porte qui s'ouvre ! murmure Violette. Viens vite ! On va se cacher derrière les taillis.

Et, en me prenant par la main, elle m'entraîne derrière un groupe d'arbustes.

Il était temps. Un homme ouvre complètement les deux immenses portes de bois. Juste derrière, on découvre l'avant d'une locomotive. À cet instant, le moteur démarre et le train sort, phares allumés.

— C'est le même train qu'hier ! me dit Violette.

Effectivement, c'est bien la même machine attelée à un wagon. J'essaye de voir ce qui se trouve à l'intérieur du hangar, mais sans y arriver, car tout est sombre.

Enfin, l'homme referme les portes de la remise à clé et rejoint le conducteur.

Tous les deux discutent à l'intérieur de la cabine un long moment, puis le moteur de la locomotive s'arrête.

Les deux hommes sortent. Que vont-ils faire ?

Ils se dirigent vers le wagon et ouvrent la porte coulissante qui se trouve sur le côté, face à nous. Dès qu'ils sont entrés dans le wagon, la porte se referme. Puis, plus rien, plus aucun bruit.

Que font-ils ?

Cinq minutes passent… Dix minutes... On n'entend toujours rien. Je murmure à Violette :

— Reste ici, je vais voir ce qui se passe !

Je m'avance prudemment et arrive au pied des rails, juste devant la porte du wagon. Elle est hermétiquement fermée et ne laisse filtrer aucune lumière, mais je perçois du bruit à l'intérieur, comme si l'on utilisait des outils.

Pour mieux entendre, je m'enhardis à venir coller mon oreille contre la porte.

Je n'ai pas la possibilité d'écouter quoi que ce soit, car un grincement terrible me fait sursauter ! La porte coulissante du wagon vibre et s'ouvre brusquement !

Je me précipite en arrière, mais je n'ai pas le temps de m'enfuir ! La lumière qui s'échappe de la porte m'aveugle.

Un homme saute du wagon et m'agrippe par l'épaule.

Il a l'air furieux et m'interpelle avec colère :

— Qu'est-ce que tu viens espionner ici ?

La lumière dans les yeux, je ne distingue pas les traits de son visage, mais je sens sa poigne ferme qui me tient et ne me lâche plus.

Abasourdi, je ne sais pas quoi répondre.

L'homme reprend d'une voix dure :

— Je te conseille de ne plus fouiner par là, sinon tu vas avoir de gros problèmes ! Maintenant, fiche le camp, compris !

Et en disant cela, il me pousse si violemment que ma tête heurte le sol, juste au pied des rails. Je n'ai pas le temps de me relever que la locomotive démarre.

Dès que le train a disparu, Violette se précipite vers moi. Je n'ai rien, sinon une grosse bosse à la tête, mais je suis choqué.

Violette me prend par le bras et me propose de rentrer tout de suite à la maison. En suivant la vieille voie ferrée, nous arrivons à l'embranchement qui donne sur la voie principale.

Elle est déserte. Le train a disparu.

J'allume ma lampe électrique, car il commence à faire très sombre et nous reprenons la route qui conduit vers nos maisons.

Tout en marchant, nous discutons de l'événement sans pouvoir trouver de réponses. Pourquoi une telle attitude ? Je sais bien que j'ai été curieux, ce n'était cependant pas une raison de me pousser à terre si brutalement !

En arrivant, au moment de me séparer de Violette, je pense alors à Tom, le mécanicien qui travaille à la gare des Bruyères et que je connais bien.

— Demain, nous irons voir Tom. Lui qui est informé de tout ce qui concerne le chemin de fer, il pourra nous renseigner sur ce train mystérieux, j'en suis certain !

3. Le photographe

Le lendemain matin, vers neuf heures, je sonne à la porte de la maison voisine. Violette vient m'ouvrir en souriant.

Tout de suite, nous prenons la direction de la gare des Bruyères. Elle est toute proche : il suffit de suivre les rails qui longent nos maisons et de traverser au passage que l'on aperçoit un peu plus loin.

D'ailleurs, nous n'allons pas exactement à la gare, mais à l'un des bâtiments de bois qui l'entourent. C'est là que se trouve l'abri qui sert aussi d'atelier pour la locomotive de Tom.

Mais, lorsque nous arrivons, la grande porte de la remise est fermée. Tom doit sans doute être chez lui. Il n'est pas astreint à une activité régulière puisqu'il travaille comme bénévole, depuis sa retraite, sur la petite ligne du chemin de fer.

Sa maison est toute proche de la gare. Lorsque nous sonnons à la porte d'entrée, c'est sa femme Élise qui traverse le jardin et qui nous reçoit. Tom vient juste de se lever !

Je l'aperçois qui sort, en robe de chambre. Il nous rejoint dans le jardin. Je m'empresse de lui raconter mon histoire. Il m'écoute attentivement, puis me dit :

— D'abord, Axel, je dois t'apprendre quelque chose : ce vieux hangar dont tu me parles vient d'être loué, il y a environ quinze jours, par une société… C'est vraiment une toute petite société ; il doit y avoir deux ou trois personnes seulement. Le vieux hangar ne paye pas de mine et je crois que les prix bas de la location les ont attirés.

— Qu'est-ce qu'ils fabriquent ?

— Des objets moulés en matière plastique à l'aide d'une presse à injection, si j'ai bien compris. Ils fondent la matière plastique et ils l'injectent dans un moule. C'est comme cela qu'on obtient de petites pièces de plastique, comme des branches de lunettes par exemple…

— Ils ont aussi un train ?

— Oui, reprend Tom. Ils ont aussi loué une petite locomotive et un wagon. Ainsi, ils peuvent transporter leur production jusqu'au terminus, à la gare de Souvigne, à environ quinze kilomètres d'ici... De là, un camion doit venir chercher la marchandise.

Violette prend la parole :

— D'accord, mais pourquoi roulent-ils le soir, et pas dans la journée, avec leur train ?

— Ah, mais ils en ont l'obligation ! Toute la journée, le trafic est réservé aux trains touristiques. C'est seulement du soir au petit matin qu'ils ont l'autorisation d'emprunter la voie ferrée principale.

Et Tom, voyant nos mines embarrassées, ajoute :

— Il n'y a rien de bien mystérieux là-dedans, vous le comprenez mieux maintenant...

Puis, me posant la main sur l'épaule, il me dit :

— Il y a quelque chose qui ne me plaît pas beaucoup, c'est cet homme qui t'a poussé à terre... Je veux bien admettre qu'il n'avait aucune envie d'être dérangé par des gamins, mais d'ici à te traiter comme il l'a fait... Tu es tombé sur quelqu'un de pas commode... une brute !

Et, ennuyé, il conclut :

— Reste à l'écart de ces gens-là, ça vaudra mieux !

Nous prenons congé de Tom. Violette est un peu dépitée :

— Évidemment, d'après Tom, tout s'explique...

— Oui ! Et pourtant, je t'assure que cet homme, qui m'a poussé si violemment, ne m'a vraiment pas fait bonne impression... Et la bosse que j'ai encore sur la tête me le rappelle !

Et j'ajoute, après avoir réfléchi quelques instants :

— Tom n'a rien vu... Il ne peut pas vraiment se rendre compte de ce qui s'est passé. Mais moi, j'ai des doutes sur leur activité. Pourquoi une attitude si hostile ? Pourquoi toujours refermer ce wagon à clé s'il n'y a que des pièces en matière plastique ?... J'aimerais bien savoir ce qu'il contient !

— Et si on retournait voir, mais en se cachant bien cette fois !

— Tu n'as peur de rien, Violette !... C'est d'accord, on sera discrets, et on pourra même y aller en fin de journée.

Le soir venu, je retrouve Violette et nous revenons sur les lieux, mais, arrivés à l'embranchement qui donne sur la vieille voie ferrée, tout est désert. Nous décidons alors de la suivre jusqu'au hangar, prudemment, sans nous faire voir. Cette voie est très courte et comme abandonnée. Des herbes sauvages poussent un peu partout entre les rails.

Nous arrivons rapidement devant le grand hangar de bois envahi par du lierre. Les portes sont fermées.

Tout est désert et silencieux.

En restant cachés derrière des buissons, nous attendons un moment, immobiles, comme si quelque chose allait arriver, comme si le train allait sortir de nouveau. Mais rien ne se passe...

Cependant, Violette, qui vient de se retourner, me dit à voix basse :

— Axel, regarde là-bas sur la voie ferrée !

J'observe un homme qui marche le long des rails en direction de la remise. Arrivé devant le hangar, il ne cherche pas à en ouvrir les portes. Il se contente de regarder de tous les côtés.

Puis, au bout de quelques minutes, il sort un appareil photo d'une sacoche qu'il porte en bandoulière. Il se met à prendre quelques photographies du hangar et de la voie ferrée.

Brusquement, l'homme range son appareil et

disparaît dans la forêt. Nous essayons de le suivre, mais le bois est si épais et sauvage que nous perdons bientôt sa trace.

Quelle idée de prendre des photographies dans cet endroit ! Que fait donc cet homme ici ? A-t-il des liens avec les gens qui travaillent dans la société qui a loué le hangar ?

En retournant au village des Bruyères, nous nous posons toutes ces questions, mais sans pouvoir trouver de réponses.

4. Une intuition

Violette est restée chez moi dans la soirée. Après le repas, elle joue un morceau au piano électronique pendant que je lis un bon livre, assis sur le canapé du salon. Tante Aurélie se repose dans sa chambre. Au bout de quelques minutes, Violette vient me rejoindre. À mi-voix, comme pour une confidence, elle se penche vers moi :

— Tu sais, j'ai réfléchi à tout ce qui s'est passé là-bas, autour du vieux hangar… et j'ai le sentiment qu'il se trame quelque chose…

— Tu veux dire que tu as une intuition ?

— Oui, l'intuition qu'il y a quelque chose qui se prépare là-bas…

— Mais rappelle-toi ce que nous a appris

Tom : ce train de la nuit travaille pour une petite société, voilà tout.

— Et que fais-tu de l'homme que nous avons vu tout à l'heure ?

— Je ne sais pas… Un touriste peut-être ?

— Admettons, Axel. Tout peut s'expliquer, bien sûr… Pourtant, j'ai le sentiment que ces hommes cachent quelque chose.

— Qu'est-ce qui te fait dire ça ?

— Parce que j'ai vu la violence de l'homme qui t'a repoussé. On ne réagit pas comme ça, même si on est une brute, quand on n'a rien à cacher !…

Elle s'arrête de parler un instant, puis reprend, l'air grave :

— Axel, je suis sûre d'une chose maintenant : cet homme ne voulait pas qu'on voie ce qu'il y a dans le wagon !

Impressionné par ce que vient de dire Violette, je réfléchis quelques secondes, puis, convaincu, je lui réponds :

— Je crois que tu as raison… Ils doivent cacher quelque chose et il faut le découvrir… Il faut arriver à savoir ce qu'il y a dans ce wagon !

— Mais comment ?

— On doit retourner sur place, c'est le seul moyen d'apprendre du nouveau !

Le lendemain matin, nous reprenons une fois de plus la petite route longeant la voie ferrée. J'ai mon idée : je voudrais voir ce qu'il y a autour du hangar. Nous y trouverons peut-être des indices.

Dès que nous apercevons le bâtiment, je fais signe à Violette de s'arrêter.

— Cache-toi derrière ces buissons. S'il m'arrivait quelque chose, tu pourrais donner l'alerte.

— Mais Axel, je peux bien y aller avec toi !

— Non, inutile de prendre des risques tous les deux ! Et puis, si je fais une mauvaise rencontre, il vaut mieux qu'on me croie seul.

Avant de m'avancer, j'observe et j'écoute. Pas de train, les portes sont fermées. Aucun bruit. Je peux y aller.

Laissant alors Violette sur place, cachée derrière des taillis d'où elle peut surveiller la scène, je progresse avec précaution. Délaissant la voie ferrée dont les rails s'enfoncent sous les portes closes du hangar, j'avance dans la forêt afin de faire le tour de la construction.

La remise est une immense bâtisse délabrée, construite en bois. Toutes sortes d'arbres et de ronces l'enserrent de toutes parts. Des plantes grimpantes courent sur ses murs.

Il n'est pas facile de progresser sans

s'égratigner dans cette forêt qui est touffue et sauvage. J'avance d'abord sur le côté droit du hangar. Ce bâtiment me semble très long. Je comprends maintenant comment une locomotive et un wagon parviennent à y tenir. Je ne vois aucune ouverture sur ce mur.

Lorsque j'atteins l'arrière de la remise, je remarque un amoncellement de vieilles planches, de bidons rouillés et d'objets usagés. Pas d'ouverture là non plus, mais j'observe une sorte de chemin forestier qui passe à proximité.

Il me reste maintenant à découvrir le troisième mur du bâtiment. Tout de suite, je remarque une fenêtre. Je m'en approche, mais je constate qu'elle est condamnée à l'aide de planches solidement clouées. On ne peut donc rien voir de ce côté-là.

J'ai maintenant fait le tour complet du bâtiment. Je rejoins Violette qui me demande tout de suite si j'ai découvert quelque chose.

Dépité, je lui réponds :

— Rien, aucun indice. Aucune ouverture sur les côtés ou à l'arrière de la construction… Mais je crois qu'il n'y a personne. Je n'ai entendu aucun bruit… J'ai bien envie d'essayer d'entrouvrir un peu la porte pour voir ce qu'il y a à l'intérieur.

— Non, Axel, tu n'en as pas le droit, et puis rappelle-toi, si tu tombes sur le même homme brutal…

— Rassure-toi, Violette, j'ai seulement l'intention de regarder à l'intérieur. Peut-être y a-t-il une fente par laquelle je pourrais voir…

— Alors, sois prudent !

— Promis, Violette.

En évitant d'avancer face au hangar, je marche sur la droite, puis me faufile le long de la façade. Le cœur battant, j'arrive au niveau des rails qui s'enfoncent sous les portes.

J'y suis ! Je m'approche le plus possible de la première porte afin d'essayer de voir par l'une des fentes du bois, mais tout est noir, je ne distingue rien !

C'est trop bête de repartir comme ça. Et si je tentais d'ouvrir un petit peu l'une des grandes portes ? Sans réfléchir, je saisis l'une des poignées et commence à la tirer légèrement.

Un énorme bruit me fait sursauter : une sonnerie stridente vient de se déclencher !

Je prends mes jambes à mon cou et m'enfuis en direction de Violette, derrière les taillis.

Il était temps ! Lorsque je la rejoins, je vois un homme qui vient d'ouvrir la porte. Il m'a repéré et se précipite vers nous !

Nous courons à perdre haleine vers la petite route qui conduit au village des Bruyères, sans nous retourner une seule fois. Quand nous la rejoignons, égratignés et essoufflés, nous faisons une pause.

Personne ne nous suit.

Alors, nous reprenons notre course folle jusqu'à nos maisons. Enfin en sécurité, nous nous arrêtons.

5. Julia

Les jours passent. Des journées rythmées par des jeux, des sorties et des promenades, sans oublier les devoirs de vacances chaque matin !

Nous reparlons souvent avec Violette du train de la nuit, mais nous ne voyons pas ce que nous pouvons faire de plus. Impossible d'observer ce qu'il y a dans le hangar ! Impossible de regarder à l'intérieur du wagon !

Et puis, en y réfléchissant bien, on n'a rien à reprocher à ces gens, sinon la brutalité de l'homme qui m'a poussé à terre. Nous n'avons pas d'indices réels. Et, comme me l'a expliqué Tom, il s'agit d'une société qui travaille dans la légalité.

Alors, que faire de plus ? Il faudrait un élément nouveau qui nous permette d'avancer dans notre enquête.

Pourtant, la suite des événements allait nous remettre sur la piste du train mystérieux…

Un après-midi, en faisant du vélo avec Violette sur un chemin à travers bois, derrière la gare des Bruyères, je m'arrête. Je crois distinguer une masse sombre au loin, à moitié cachée par la végétation. Je pointe le doigt vers ce qui m'intrigue.

— Regarde, Violette, derrière les arbres.

— Oui, c'est peut-être une maison…

— On va voir !

Et, posant nos vélos, on s'approche. Bientôt, je reconnais l'endroit.

— C'est l'arrière du bâtiment où travaille la société qui produit du plastique !

Mon attention est alors attirée par quelque chose qui bouge, pas très loin, derrière les taillis.

— Violette, regarde là-bas, à droite du hangar…

À ce moment, débouche un enfant qui se dirige vers nous.

— C'est une petite fille…

— Que fait-elle ici ?

L'enfant rejoint tranquillement le chemin où

nous avons déposé nos vélos. Elle est plus jeune que Violette. Elle nous a vus et nous adresse un petit signe de la main, puis s'éloigne.

Nous reprenons nos vélos et nous la croisons sur le chemin forestier. Violette s'arrête et lui demande :

— Tu es d'ici ?

— Oui, j'habite juste derrière.

Et elle nous montre un groupe d'habitations que l'on distingue un peu plus loin, en bordure de la forêt.

Nous faisons connaissance et nous apprenons qu'elle s'appelle Julia. Après avoir discuté avec elle quelques instants, nous la quittons afin de rejoindre ma maison où tante Aurélie doit nous attendre, car c'est l'heure du goûter. Cependant, nous ne pensions pas revoir bientôt la petite Julia.

Le soir, après le repas, nous sommes dans le salon. Tante Aurélie est devant son ordinateur. Moi, je rêvasse dans un fauteuil, un livre à la main, pendant que Violette joue du piano électronique. Je l'écoute avec plaisir, car elle joue vraiment très bien. Ma rêverie fait ressurgir tout ce que nous avons vécu d'étrange depuis le début des vacances : le train de la nuit, le vieux hangar, l'homme brutal… Mais je reste insatisfait, car j'ai toujours le pressentiment que quelque chose se prépare dans l'ombre, mais sans savoir quoi.

Lorsque Violette s'arrête de jouer, je lui demande si elle veut se promener avec moi avant que la nuit ne tombe.

Quelques minutes plus tard, nous marchons sur la route longeant la voie ferrée. Violette m'interroge :

— Tu veux encore essayer de revoir le train de la nuit ?

— Oui… J'ai le pressentiment qu'il se trame quelque chose…

— On a déjà tout fait pour en savoir plus, Axel.

— C'est vrai, mais je suis tenace, je n'abandonne pas…

Alors que nous approchons de l'ancienne voie ferrée, Violette me serre la main.

— Axel, tu entends ces grincements ?

— Oui, on va voir…

Et nous avançons prudemment en direction du bruit.

Puis, d'un seul coup, c'est le silence. Dans l'obscurité, je devine la forme sombre du train de la nuit : la locomotive et son wagon. Il s'est arrêté encore une fois avant l'embranchement sur la voie principale.

Les phares sont éteints et la cabine de la loco-motive semble vide. Les hommes doivent être dans le wagon.

Que font-ils ? C'est le bon moment pour en savoir plus et je décide de m'approcher.

Violette tente de m'en dissuader :

— N'y va pas, Axel, rappelle-toi la dernière fois, tu pourrais avoir moins de chance…

— Je vais être plus prudent, c'est promis ! Je me sauve au moindre bruit.

Cette fois, je m'avance du côté opposé à la porte du wagon. Ainsi, si elle s'ouvre, on ne me verra pas.

Doucement, en prenant le soin de rester dans l'ombre, j'atteins le wagon. Il me semble entendre parler, mais tout est confus. Oh ! si je pouvais encore m'avancer, j'apprendrais peut-être quelque chose !

Alors, avec précaution, toujours du côté opposé à la porte, je plaque mon oreille contre la paroi.

Je perçois des sortes de raclements, puis une voix d'homme se fait entendre. Une autre voix d'homme répond… Impossible de comprendre ce qu'ils disent ! Sans doute ne parlent-ils pas très fort et, de plus, la paroi étouffe leurs paroles.

Je reste ainsi quelques minutes, collé contre le wagon, retenant mon souffle, mais sans en apprendre plus, lorsqu'un bruit plus fort se fait entendre : c'est la porte du wagon qui s'ouvre !

Heureusement que je suis de l'autre côté ! Je n'ai qu'à m'enfuir sans faire de bruit dans le bois. En quelques secondes, me voilà à couvert. Il ne me reste plus qu'à faire un détour pour rejoindre Violette. Je traverserai les rails là où l'on ne me verra pas.

Au moment où je retrouve mon amie, le train démarre. Sans doute va-t-il à Souvigne comme la dernière fois.

Impatiente de connaître ce que j'ai observé, Violette m'interroge :

— Du nouveau ?

— Pas vraiment, je ne sais toujours pas ce qu'ils font dans ce wagon. Je les ai entendus parler, mais je n'ai pas pu comprendre ce qu'ils disaient…

— Alors, le mystère reste entier ! conclut Violette.

6. Encore le photographe

Les jours passent, sans rien apporter de nouveau. Avec Violette, nous sommes souvent retournés à la vieille voie ferrée. J'ai réexaminé de près le hangar et les environs, je n'ai rien pu découvrir.

Pourtant, quand je me rappelle la brutalité de l'homme envers moi, quand Violette me dit qu'il y a quelque chose de louche dans ce train, je ne veux pas m'avouer battu. C'est pourquoi nous retournons régulièrement sur les lieux.

Un soir, alors que Violette est restée chez elle, je m'aventure une fois de plus vers le hangar mystérieux. Il fait encore jour, mais dans les bois, tout est plus sombre. C'est alors que je vois un homme marchant le long des rails.

Je le reconnais : c'est l'inconnu que nous avions observé et qui prenait des photos !

Il ne m'a pas vu. Alors, à couvert, je l'examine avec attention : il porte encore son appareil photo en bandoulière, mais ne s'en sert pas.

Il s'avance vers le hangar et regarde de tous côtés, comme s'il cherchait quelque chose. Puis, comme s'il n'avait rien trouvé d'intéressant, il fait brusquement demi-tour et repart le long des rails en direction de la petite route. Il marche à grandes enjambées ; je le suis de loin.

Puis je l'aperçois qui arrive devant une auto garée dans un renfoncement. Je n'ai pas le temps de le rejoindre que sa voiture démarre !

Que fait cet homme ici ? Cela fait déjà deux fois que je le vois. Et pourquoi cet appareil photo ? Que peut-on photographier d'intéressant dans cet endroit ?

En rentrant chez moi, je me dis que, décidément, il se passe des choses étranges autour de ce hangar. Cela me confirme dans ma décision de tout faire pour en apprendre plus.

Enfin, la chance allait nous sourire ! Le lendemain, en faisant des emplettes au village des Bruyères avec Violette, nous croisons l'homme à l'appareil photo !

C'est Violette qui l'a remarqué alors qu'il entre chez un marchand de journaux et de souvenirs. C'est le moment de savoir ce qu'il faisait près du hangar, mais comment faire pour le lui demander ?

Mon amie me propose de la laisser faire :

— Restons près du commerce, j'ai une idée pour l'aborder !

Je fais confiance à Violette et nous commençons à attendre. Cinq minutes passent... Que fait donc l'homme ? Achète-t-il tant de journaux ? Ou bien s'est-il mis à en lire dans le magasin ?

Je me hasarde à regarder par la baie vitrée : le photographe est là. Il n'a pas l'air pressé et prend tout son temps pour feuilleter des revues. Enfin, il se présente au comptoir pour régler ses achats.

Il va sortir. Je fais signe à Violette.

L'homme ouvre la porte du commerce, plusieurs journaux et revues sous le bras. Violette s'approche de lui et le salue avec un sourire :

— Bonjour Monsieur !

— Bonjour... Je ne crois pas vous connaître.

— Je vous ai déjà vu prendre des photos un peu partout...

L'homme se met à sourire, très détendu, comme s'il était heureux d'avoir été remarqué. Jusqu'à présent, je suis resté en retrait. Voyant que les choses prennent bonne tournure, je m'approche un peu de Violette, ne voulant rien perdre de la conversation.

Violette ajoute :

— Je vous ai même vu dans le bois prendre des photos d'une vieille voie ferrée abandonnée qui conduit à un hangar…

Je suis stupéfait par l'audace de Violette. Elle va droit au but. Mais je suis encore plus étonné par la réponse de l'homme :

— Certainement, je prends des photographies de toute la région, et même des coins les plus reculés… mais cela doit exciter votre curiosité et vous désirez savoir pourquoi…

— Bien sûr ! s'exclame Violette.

Je m'approche encore, ne voulant rien perdre de la réponse du photographe. Il explique en souriant :

— Eh bien, voilà, je prépare un livre sur la région et je m'intéresse à tout ce qui a un rapport avec son histoire, notamment l'histoire de la voie ferrée. C'est pourquoi je prends quantité de photos.

Il sort un petit carnet de sa poche et ajoute :

— Je prends aussi des notes et je consigne dans ce carnet tout ce que je trouve d'intéressant.

Et, en disant cela, il ouvre son carnet et nous

le montre : il est rempli d'une écriture serrée, complétée par quelques croquis. Il conclut en sortant une petite carte qu'il tend à Violette :

— Je vois que cela vous intéresse. Sur cette carte, vous avez mes coordonnées et l'adresse de l'éditeur chez lequel vous trouverez bientôt mon livre.

Ainsi, nous nous étions bien trompés ! Cet homme n'est qu'un historien qui prépare un livre sur la région ! Voulant en savoir plus sur le sujet qui nous intrigue, je l'interroge :

— Vous avez donc vu la vieille voie ferrée qui conduit au hangar, pas loin d'ici, derrière la gare des Bruyères... Vous n'avez rien remarqué d'étrange ?

— À vrai dire non, sinon que le coin est sinistre... J'ai même appris que le hangar dont tu me parles, qui est une sorte de quai couvert, a été loué récemment par une petite société qui fabrique des objets en plastique... C'est tout ce que je sais.

Nous remercions l'homme et rejoignons nos maisons, un peu dépités. C'est Violette qui conclut :

— Ainsi, nous n'avons rien appris de plus ! Le mystère reste entier...

— Tu as raison ! C'est décourageant... C'est à

croire que nous n'arriverons jamais à savoir ce qui se passe réellement là-bas.

Pourtant, la suite des événements allait encore nous surprendre.

7. *Intimidation*

Le lendemain soir, en fin de journée, comme il fait chaud, nous décidons d'aller à vélo jusqu'à l'Étang-Gris, proche de notre village. Arrivés au bord de l'eau qui apporte un peu de fraîcheur, nous posons nos vélos contre un arbre.

L'étang, entouré de roseaux et de bouquets d'arbres sauvages, est immense et magnifique. Assis dans l'herbe, nous admirons l'eau à peine troublée par quelques rides. On aperçoit çà et là, au milieu des plantes aquatiques, des canards et des poules d'eau. La lune apparaît, toute blanche, voilée par quelques nuages.

Violette me pousse du coude en se penchant vers moi :

— Tu sais que j'aime la poésie…

Je lui réponds en souriant :

— Eh bien, vas-y, dis-moi quelques vers !

Alors, en regardant l'eau dormante, elle murmure de sa voix douce :

L'étang moiré d'argent, sous la ramure brune,
Comme un cœur affligé que le jour importune,
Rêve à l'ascension suave de la lune...

Et se tournant vers moi :

— Ces vers sont d'Albert Samain…

— C'est très beau, Violette !

Nous restons à rêver un bon moment devant l'étang, puis voyant que tout s'obscurcit, je me lève.

— Il faut y aller, si nous voulons rentrer avant la nuit !

Pour revenir au village des Bruyères, nous prenons une petite route à travers les bois, presque un chemin forestier. Mais, alors que nous venons de passer devant quelques maisons, à l'endroit même où nous avons rencontré Julia il y a quelque temps, nous entendons crier.

— Des cris d'enfant ! s'exclame Violette.

Nous pédalons le plus vite possible sur cette mauvaise route…

— C'est Julia ! dit Violette en tendant la main vers la droite.

C'est à l'endroit où se trouve la partie arrière du vieux hangar. J'aperçois la petite Julia qui se débat. Un homme la tient par le bras en criant je ne sais quoi.

Nous nous élançons vers elle.

L'homme, surpris de nous voir, lâche immédiatement la fillette qui court vers nous. Il part aussitôt et disparaît derrière le hangar.

Julia arrive vers nous. Elle nous a reconnus. Elle est apeurée et se jette dans les bras de Violette qui la réconforte et lui demande :

— Que s'est-il passé ?

La petite reprend son souffle, nous regarde tous les deux, heureuse de nous retrouver, et s'explique :

— Je vous ai dit que j'habite près d'ici : les maisons qu'on distingue là-bas, à la limite du bois... Avec les enfants du quartier, on est souvent venus jouer près du vieux hangar. On pouvait même y entrer... Je connais bien l'endroit !

Elle se retourne, apeurée, vers la construction.

— Mais je ne savais pas que ce bâtiment était utilisé maintenant... C'est ce que m'a dit l'homme en me voyant... Il m'a menacée pour que je ne revienne plus jamais ici… Et puis c'est là que vous êtes arrivés !

Poussant nos vélos, nous raccompagnons Julia chez elle. Lorsque nous atteignons sa maison, sa mère sort. Nous lui apprenons ce qui s'est passé. La mère, inquiète, fait promettre à sa fille de ne plus retourner là-bas toute seule.

Nous restons un moment avec Julia à jouer dans son jardin et à parler de choses et d'autres. Elle est heureuse d'être avec nous et voudrait que nous restions encore, mais la nuit tombe et il nous faut partir. Avant de quitter la fillette, je veux éclaircir quelque chose et, la regardant dans les yeux, je lui demande :

— Tout à l'heure, tu nous as dit qu'on pouvait entrer dans le hangar…

— Avant oui, quand il n'y avait pas ces gens.

— Mais tu veux dire que tu connais une entrée ?

— Oui, on en a découvert une avec les enfants du quartier…

Violette, aussi intriguée que moi, prend la parole :

— Mais comment s'y introduire ? Il n'y a que la grande porte qui donne sur les rails… et cette porte est bien fermée !

— Non, on n'entrait pas par une porte ! répond Julia, mais par le fond du hangar, là où vous m'avez vue... Il y a des tas de planches et beaucoup de vieux objets entassés. Et là, il y a une petite ouverture...

— Une ouverture ?

— Pas une porte ou une fenêtre, mais comme un petit passage entre les planches. En soulevant des morceaux de bois, on se faufile et on peut entrer...

Je propose alors à Julia :

— Un jour, pourras-tu nous montrer comment on peut entrer dans le hangar ?

La petite proteste :

— Non, il ne faut pas ! Maintenant, il est habité !

— Pourtant, il faut qu'on y aille... un jour où il n'y a personne. C'est parce que je crois qu'il y a des choses étranges qui se passent là-bas... Je t'expliquerai...

Puis, avant de partir, j'ajoute :

— Tu pourrais nous montrer le passage dimanche prochain si tu veux : il ne devrait y avoir personne...

— D'accord ! répond Julia. À dimanche, alors. Vous viendrez me chercher à la maison.

En roulant sur la petite route à côté de Violette, je lui dis :

— Enfin ! Les choses avancent : on va pouvoir entrer dans la forteresse !

8. La gare de Souvigne

En attendant dimanche, il nous reste quelques jours et j'aimerais en profiter pour avancer dans notre enquête. Ça tombe bien : Tom m'a proposé de l'accompagner à la gare de Souvigne cet après-midi. Comme c'est l'endroit où se rend chaque soir le train de la nuit, nous allons peut-être apprendre quelque chose.

Après le repas, je vais à la gare des Bruyères avec Violette. Tom nous attend. Il a déjà sorti sa petite locomotive dont le moteur ronronne doucement. Elle est attelée à un wagon plat chargé de matériel à déposer à Souvigne.

En nous voyant arriver, il fait un grand geste de la main pour nous inviter à monter dans la locomotive. Je saisis le garde-corps et grimpe dans la cabine, suivi de Violette.

Tom ferme la porte. Tout de suite, il pousse la manette de frein vers la gauche. Un souffle puissant s'échappe. Puis il tire vers lui la poignée de contrôle. Un énorme grondement, celui du moteur qui tourne plus vite, fait vibrer toute la cabine. La lourde machine s'élance, suivie de son wagon.

— À toi Violette ! dit Tom.

Violette, en souriant, appuie sur le bouton de l'avertisseur sonore : un bruit strident retentit. La locomotive prend rapidement de l'allure et nous quittons la gare des Bruyères.

Juste à la sortie de la gare, je montre à Violette un embranchement sur la droite : celui qui conduit au mystérieux hangar. Mais j'ai à peine le temps d'observer la voie secondaire dont les rails s'enfoncent dans la forêt que tout a déjà disparu, remplacé par d'autres paysages.

La vue est magnifique : des étangs, des landes et des bois défilent de chaque côté. Arrivé sur la grande ligne droite, Tom lance :

— À toi les commandes, Axel !

Ce n'est pas la première fois que Tom me laisse conduire sa locomotive. Mais, prudent, il reste juste à côté de moi, prêt à intervenir. Je saisis la poignée de contrôle, c'est-à-dire la commande d'accélérateur, une longue tige terminée par une boule noire, et la tire vers moi. Le moteur gronde encore plus fort, la machine avance encore plus vite. Mais je sais comment freiner en cas de besoin : il me faudra pousser à fond la poignée de contrôle, puis saisir la manette de frein, une poignée noire sur ma gauche, en la tirant vers la droite. Tout cela, Tom me l'a montré bien souvent, ainsi que les signaux à connaître, les endroits où il faut ralentir, etc.

Quelle impression extraordinaire de piloter cette machine grondante au moteur énorme, bien plus gros que la petite cabine à l'arrière où nous sommes tous les trois ! Nous glissons sur les rails semblables à des fils d'argent qui disparaissent au loin.

Au bout de quelques minutes, Tom reprend le contrôle de la locomotive. Sans nous arrêter, nous passons devant la halte de l'Étang-Gris, avec ses bâtiments et ses voies à l'abandon, et nous continuons de filer à vive allure vers Souvigne.

Quelques minutes plus tard, je distingue les premières constructions de la gare de Souvigne. Ralentissant l'allure, Tom se dirige vers le quai où il doit déposer son matériel.

Une fois le déchargement terminé, je lui demande de me montrer l'endroit où arrive le train de la nuit. Tom nous emmène alors à pied, quelques voies plus loin. Il nous indique une voie de service qui longe un quai de déchargement, juste à côté de la gare.

— Tu vois, Axel, c'est là que, chaque soir, le train de la société dépose ses produits qu'une camionnette vient chercher.

J'examine le quai désert et les rails qui le bordent. Il n'y a rien de particulier.

— Il n'y a là aucun mystère, reprend Tom. Comme je te l'ai dit : le train fait son service en fin de soirée entre la gare des Bruyères et la gare de Souvigne…

Un peu dépité, j'admets que Tom a raison.

— Oui, pas de mystère effectivement…

Pourtant, je garde pour moi ce que je pense en cet instant. Même si tout semble normal, il y a quelque chose que je ressens tout au fond de moi, quelque chose d'inquiétant que je n'arrive pas à expliquer…

Nous quittons le quai désert pour rejoindre la locomotive de Tom en passant le long de la gare de Souvigne. C'est un bâtiment à l'architecture ancienne. Devant la gare, sur la grande place, des hommes travaillent sur des échafaudages et installent des gradins. J'interroge Tom sur ce qui se prépare.

— C'est une commémoration, me répond-il, une commémoration des victoires militaires.

— Une commémoration, qu'est-ce que c'est exactement ? demande Violette.

— C'est une journée consacrée au souvenir, pour faire mémoire des batailles qui ont eu lieu dans la région. Beaucoup viendront : les autorités militaires et civiles…

Et, se préparant à monter dans sa locomotive, il ajoute :

— Vous devriez venir ce jour-là : ce sera intéressant…

Quelques instants plus tard, nous filons sur les rails en direction de la gare des Bruyères. En regardant défiler le paysage, je me dis que nous n'avons pas appris grand-chose. Ce qu'il faudrait, c'est voir le train de la nuit arriver à Souvigne le soir et observer ce qu'il décharge…

Cette idée me plaît et j'élabore un plan : dès demain soir, je pourrais revenir à Souvigne en vélo, avec Violette. Bien cachés, nous pourrions surveiller ce qui se passe sur le quai de déchargement.

9. Un trajet en vélo la nuit

Le lendemain soir, nous sommes prêts, Violette et moi, à rejoindre Souvigne. Tante Aurélie, voyant que je tenais tellement à poursuivre mon enquête, m'a autorisé à y aller à condition de ne pas rentrer trop tard et de garder le contact par téléphone portable. Les parents de Violette, sachant que tante Aurélie avait donné son accord, ont accepté eux aussi.

Avant de partir, je m'affaire dans le jardin en vérifiant avec Violette nos deux vélos. Tout d'abord, l'éclairage avant et arrière doit fonctionner. C'est la condition pour faire le trajet, vient de me rappeler tante Aurélie. Je sais bien qu'elle a raison si l'on veut pouvoir rouler en sécurité la nuit. J'en profite aussi pour vérifier les chaînes et le système de freinage.

Enfin prêts, nous partons. Je passe devant, mon petit phare éclairant la route, car la nuit tombe. Violette me suit ; elle aussi a allumé ses feux. Nous devons rouler une quinzaine de kilomètres environ, ce qui devrait nous prendre moins d'une heure.

La petite route que nous suivons longe à peu près tout le temps la voie ferrée. Elle est peu fréquentée, surtout à cette heure tardive. Nous ne croisons donc que peu de voitures qui se signalent au loin par leurs phares semblables à deux gros yeux blancs.

Bientôt, la nuit tombe tout à fait et nous sommes dans l'obscurité complète. Mon phare, qui semblait n'éclairer presque rien tout à l'heure, est à présent d'un grand secours. Sans lui, je ne verrais rien !

Le paysage qui nous entoure est lugubre : des arbres dressent de part et d'autre de la route leurs squelettes noirs. Parfois, d'immenses masses sombres scintillent à peine sous la lune voilée par les nuages : ce sont les étangs. Comme tout est étrange la nuit, rien n'est semblable ! Les bois semblent impénétrables et emplis de secrets.

Je me retourne de temps à autre, Violette me suit sans difficulté. Je distingue son phare à quelque distance. Je roule d'ailleurs à faible allure dans cette nuit noire.

Au bout de quelques kilomètres, je m'arrête à un embranchement de la route et je pose mon vélo. Violette freine en arrivant à mon niveau et me demande :

— Pourquoi t'arrêtes-tu ?

— On fait une petite pause... Tu vois cette route sur la droite, elle rejoint la halte de l'Étang-Gris...

— Je ne l'aurais pas reconnue dans cette obscurité !

— Ce qui m'embête, c'est cette brume qui tombe peu à peu. Déjà, on n'y voit pas grand-chose avec nos phares... Si tu veux, on peut rentrer.

Violette proteste :

— Non, Axel, on est bientôt arrivés. Ce serait dommage d'abandonner... Et puis, tu connais bien le trajet, tu l'as souvent fait.

— Alors, en selle. On repart !

Et de nouveau, je roule sur la route noire éclairée par le petit faisceau lumineux de mon phare. Depuis un bon moment, nous n'avons plus croisé une seule voiture. Nous sommes seuls sur cette petite route qui traverse les bois.

Brusquement, la brume environne tout. Mon phare ne transperce qu'à grand-peine cette masse opaque !

Je m'arrête encore et je fais le point avec Violette.

— Non, Axel, il faut continuer ! me dit-elle. Maintenant, nous sommes tout près de Souvigne.

Et nous repartons, moi toujours en tête, dans ce bois qui n'en finit pas, sur cette route noire qui s'étire à l'infini.

Tout à coup, j'entends Violette crier :

— Axel, Axel !

Je freine brusquement, saute de mon vélo et allume ma lampe de poche. Violette semble avoir très peur.

— Là ! dit-elle en pointant son doigt vers les arbres. J'ai vu comme une ombre, peut-être une bête qui se rapprochait de moi !

J'éclaire la bordure de la route, les taillis, les troncs d'arbres. Je ne remarque rien de suspect.

— Il n'y a rien !... C'est sans doute une bête des bois qui voulait traverser.

Et en remontant sur mon vélo, je lui dis, pour la rassurer :

— Comme la route est déserte, tu vas rouler à

côté de moi. Tu seras plus tranquille ainsi… Et puis, nos deux phares ensemble éclaireront mieux.

Nous repartons, roulant de front, dans la nuit noire trouée par nos deux petits faisceaux lumineux.

Enfin, des lueurs apparaissent au loin : les premières lumières de Souvigne !

10. Que cache le train ?

Nous avançons vers la gare et déposons nos vélos contre la façade du bâtiment. Les rues sont presque désertes et les réverbères sont allumés. Ils éclairent la grande place devant la gare, là où sont installés les gradins.

Je me dirige tout de suite vers le quai de déchargement que m'a montré Tom. Il est désert. Les quelques voies ferrées qui s'entrecroisent devant la gare sont désertes elles aussi.

Le quai où doit arriver le train de la nuit est situé à côté de la gare. Je repère une haie où nous pouvons facilement nous cacher. À travers les branches des arbustes, nous pourrons tout observer.

Et l'attente commence… Pour passer le temps, nous parlons de choses et d'autres, mais à voix presque basse, comme si nous risquions quelque chose !

Il est vingt heures trente. Toujours rien ! La brume n'est pas tombée et elle continue d'envahir la petite ville. Un peu partout, les réverbères trouent de leurs ronds de lumière cette masse opaque.

Presque vingt et une heures !

Soudain, Violette me serre le bras.

— C'est lui ! me dit-elle.

En effet, deux points blancs apparaissent au loin, sur la voie principale. La locomotive, tractant toujours le même wagon, approche lentement de la gare. Puis le train s'arrête et un homme en descend, sans doute pour manœuvrer un aiguillage. Le train repart et rejoint alors le quai devant nous.

— C'est le moment de bien regarder ! me souffle Violette.

La locomotive n'est pas encore arrêtée qu'un bruit nous fait sursauter, juste derrière nous. Un bruit de moteur. Nous nous cachons un peu plus dans la haie. Je me retourne et vois une camionnette qui roule en direction du quai de déchargement. Elle avance pour s'immobiliser à hauteur du train.

Un homme en descend et rejoint la cabine. Ils sont maintenant trois dans le train. Ils parlent quelques minutes. Nous ne pouvons pas les entendre, d'autant plus que le moteur de la locomotive n'est pas arrêté.

Enfin, les trois hommes sortent de la cabine et se dirigent vers le wagon. Le moteur de la locomotive tourne toujours. Violette me pousse du coude : nous allons en savoir plus !

L'un des hommes ouvre le cadenas qui tient la porte du wagon fermée à clé. Puis, il tire la porte à glissière. L'intérieur du wagon est sombre et je ne peux malheureusement rien distinguer. Et ce ne sont pas les réverbères de la gare qui apportent beaucoup de lumière sur ce quai à moitié dans l'obscurité.

L'homme monte dans le wagon et en sort une caisse, plutôt un gros carton bien fermé. Un autre homme, au pied du wagon, réceptionne le carton. Le troisième le porte dans la camionnette. Les hommes continuent ainsi à décharger quelques caisses.

Soudain, l'homme qui est dans le wagon laisse échapper un carton qui tombe brutalement au sol. Chose curieuse, la boîte rebondit sur le quai, exactement comme si elle était vide ! J'ai l'impression qu'un petit coup de vent pourrait l'entraîner sans problème... Je chuchote à Violette :

— Tu as vu comme ce carton est léger ! On dirait qu'il ne contient rien du tout !

De plus en plus intrigué, j'ajoute :

— Les autres cartons ne sont pas plus lourds. Tu as vu comme les hommes les empoignent facilement !

— Mais Axel, on ne transporte pas des cartons vides !

— Alors, qu'est-ce que cela signifie ?

Nous n'avons pas le temps d'en voir plus, car la scène est déjà finie. Tous les cartons sont chargés dans la camionnette qui repart. Les deux autres hommes remontent dans la cabine de la locomotive qui démarre aussitôt en marche arrière.

Tout a duré quelques minutes seulement. Avec Violette, nous regardons les feux du train s'éloigner, puis une fois qu'il a disparu, nous nous posons toutes sortes de questions.

Que contenaient ces boîtes ? Il me semble que les pièces de plastique que fabrique la société auraient dû être beaucoup plus lourdes. D'autre part, la quantité de cartons livrés est ridicule : j'en ai compté cinq seulement ! Peut-être même cinq cartons vides... Utiliser un train pour transporter si peu de choses !

Il y a là un mystère que nous ne comprenons pas.

— Il faut absolument visiter le hangar dimanche ! conclut Violette. On en apprendra plus !

Je suis bien d'accord avec elle. Mais maintenant, il faut songer à rentrer. Je téléphone à tante Aurélie, comme je lui ai promis. Elle me propose de venir nous chercher et de mettre les bicyclettes à l'arrière de la voiture. Je refuse, car nous allons tranquillement rentrer à vélo. En effet, la brume s'est un peu levée et il fait doux.

Quelques instants plus tard, nous quittons Souvigne. Cette fois, c'est Violette qui roule devant. Dans la nuit noire, je ne distingue que son phare avant qui projette un rond de lumière sur la route et la petite lueur rouge de son feu arrière. Curieusement, ce retour me semble moins long que l'aller et, bientôt, nous apercevons les lumières du village des Bruyères.

11. Le passage

Enfin dimanche ! Nous allons pouvoir visiter le hangar avec Julia. J'espère que l'on pourra observer le train de plus près. Il devrait être garé là puisqu'il ne circule que le soir.

Je n'ai pas encore fini mon repas de midi que Violette sonne à la porte d'entrée. Elle a déjà sorti son vélo, prête à partir. Je me hâte de terminer mon dessert pour la rejoindre.

Quelques instants plus tard, nous roulons dans la forêt. Lorsque nous arrivons chez Julia, elle est là qui nous attend. Nous laissons nos bicyclettes dans son jardin et, tous les trois, nous nous enfonçons dans le bois en direction du hangar mystérieux.

Arrivé près du bâtiment, je recommande le silence, car quelqu'un se trouve peut-être à l'intérieur. Je demande à Violette et à Julia de m'attendre derrière un bouquet d'arbres et, prudemment, je fais le tour de la construction afin de voir la grande porte à l'avant : elle est fermée. Il ne semble y avoir aucune activité.

Je retourne vers les filles et leur signale que la voie est libre tout en leur recommandant la discrétion :

— Aucun bruit ! On ne sait jamais. Il y a peut-être un gardien dans le hangar...

Et me tournant vers Julia :

— Tu nous conduis maintenant vers le passage que tu connais.

La petite se dirige tout de suite vers l'arrière du bâtiment, là où se trouvent des tas de planches et de vieux objets amoncelés. Elle me montre des caisses empilées, des bidons rouillés et dit à mi-voix :

— C'est là, Axel ! On avait mis ça devant pour qu'on ne voie pas le passage…

J'aide Julia à retirer quelques caisses et à pousser un bidon. Nous dévoilons ainsi le bas des planches qui sont abîmées et disjointes.

— C'est ici qu'on peut entrer ! chuchote Julia.

Elle se penche, écarte deux planches et se

faufile par la petite ouverture.

Je passe derrière elle ; Violette me suit. Nous nous retrouvons tous les trois dans un endroit sombre et comme abandonné. J'allume ma lampe de poche et observe les lieux : nous sommes dans une sorte de débarras encombré par de vieux objets et des déchets. Ce n'est pas très profond, car une cloison ferme l'espace un peu plus loin. C'est derrière cette paroi que doivent se trouver la locomotive et son wagon. Une porte est entrouverte. Il suffit de s'en approcher…

C'est ce que je fais comprendre par signes à Violette et Julia, car je n'ose pas parler de peur d'être entendu. S'il y avait quelqu'un ?

Nous sommes si près du but ! Mon cœur se met à battre lorsque je m'approche de la porte. Pour ne pas être remarqué, j'ai éteint ma lampe de poche.

Même si la porte est entrouverte, je ne peux rien distinguer par l'étroite ouverture. Je la pousse tout doucement et regarde furtivement : la locomotive est là avec son wagon, sur les rails qui se poursuivent jusqu'au fond du hangar qui me semble immense.

Un peu de lumière pénètre par une petite verrière disposée dans le toit. Tout est sale et comme à l'abandon. Un peu partout, toutes sortes d'objets sombres parsèment le sol.

Il semble n'y avoir personne. Je me hasarde à pousser un peu plus la porte qui, malheureusement, grince bruyamment.

J'entends alors du bruit ! Une lumière s'allume !

Je me retourne vers les filles et chuchote :

— Vite, il faut partir !

Nous nous précipitons vers la petite ouverture sous les planches pour sortir du hangar. Julia passe la première, puis Violette. Juste avant de me faufiler, je jette un coup d'œil derrière moi : personne ne nous a suivis dans le débarras. Pourtant, j'entends du bruit, comme quelqu'un qui marche…

Violette venant de libérer le passage, je m'élance à mon tour.

Une fois dehors, j'ai le réflexe de remettre en place le bidon et les caisses afin de masquer l'ouverture.

À peine sorti du hangar, je distingue un homme qui s'approche à grands pas. Il a dû passer par la grande porte située à l'avant, celle qui donne sur les rails. Il nous a aperçus et s'élance vers nous en criant :

— Vous n'avez rien à faire ici ! Fichez le

camp tout de suite !

Il n'a pas besoin de nous le dire deux fois. Tous les trois, nous partons en courant en direction de la route dans les bois. Arrivés là, nous soufflons. L'homme est resté à côté de la remise et il nous regarde, lançant des gestes de menace.

Encore sous le coup de l'émotion, mais soulagé, je rassure les filles :

— Je pense que l'homme a entendu du bruit et qu'il est sorti, mais je ne crois pas qu'il sait que nous pouvons entrer dans le hangar par le fond… Et puis, j'ai refermé l'ouverture par où nous sommes passés : il ne verra rien !

12. Un moyen d'en savoir plus

Après avoir raccompagné Julia chez elle, nous discutons de ce qui vient de se passer.

— On n'a rien appris de plus sur ce mystérieux train, dit Violette, déçue.

J'admets que c'est vrai, mais une idée me vient brusquement.

— On a vu que, chaque soir, les deux hommes partent en train pour Souvigne… Donc, à ce moment-là, le hangar doit être vide !

Violette est effrayée.

— Tu veux qu'on entre dans ce hangar en pleine nuit ?

— Avoue que c'est la seule solution pour essayer d'en savoir plus !

Et j'ajoute pour la rassurer :

— Mais je serai le seul, cette fois, à pénétrer dans la remise. La petite Julia, bien entendu, restera chez elle… Et toi, Violette, tu me seras d'un grand secours en faisant le guet, à l'extérieur.

Le lendemain soir, je mets mon projet à exécution.

Il fait presque nuit lorsque nous nous avançons, Violette et moi, vers le vieux hangar. Puis nous nous postons derrière un gros arbre entouré de taillis. Nous attendons ainsi dix minutes… vingt minutes.

Toujours rien.

Enfin, j'entends du bruit : un homme ouvre la porte de la remise pendant que l'autre démarre la machine. Un instant plus tard, la locomotive, phares allumés, roule lentement, puis s'arrête une fois que le wagon qui la suit est complètement sorti du hangar.

À ce moment-là, le conducteur descend de la cabine et va rejoindre l'autre homme qui ferme la porte du bâtiment. Ils discutent de je ne sais quoi, mais ils sont trop loin pour que je puisse les entendre.

Sans parler, je fais signe à Violette que je vais

essayer de m'approcher et qu'elle reste sur place à m'attendre.

Baissant le torse, je progresse d'arbre en arbre jusqu'au hangar. À quelques mètres, je me couche au sol derrière un buisson.

J'entends clairement les deux hommes parler. Ils n'ont pas l'air d'accord sur quelque chose à faire, puis le plus grand dit :

— Tu as bien fermé le wagon ?

L'autre répond :

— Ne t'en fais pas, tout est prêt !… Et puis, ce sera bientôt fini...

— Dans ce cas, à demain soir neuf heures, pour le grand feu d'artifice !

L'autre ricane à cette réflexion et grimpe dans la cabine, suivi par le deuxième homme. Le train démarre aussitôt.

Je le suis des yeux et, dès que les feux rouges ont disparu, je me hâte de retrouver Violette. Je lui raconte ce que je viens d'entendre.

— Un feu d'artifice, demain soir ! fait-elle… Ah ! mais c'est pour la commémoration.

— Sans doute… Mais si ces hommes préparaient un mauvais coup pour demain soir à neuf heures, justement ?

— C'est bien possible, mais on n'a aucune preuve, Axel !

— C'est le problème ! On n'a que des suppositions, rien de concret... Personne ne nous croira !

Et, dépité, je baisse la tête.

Violette se rapproche de moi et me serre la main, bien fort, en me disant :

— On sera là-bas tous les deux, à neuf heures, et on surveillera ce train... et si ces hommes veulent faire du mal, on trouvera bien un moyen de les en empêcher !

Je relève la tête vers elle et je vois dans ses yeux tant d'assurance que cela me réconforte.

Alors, moi aussi, remotivé, je m'écrie :

— Demain soir, à neuf heures, on sera là-bas !

Puis, me retournant vers le hangar :

— La voie est libre ! On y va.

Nous évitons de passer devant la porte principale de la construction. Peut-être y a-t-il encore quelqu'un à l'intérieur... Il faut rester prudent.

Nous arrivons derrière le hangar, là où se trouve le passage que nous a montré Julia. Violette éclaire l'endroit en masquant la lumière de sa lampe électrique afin qu'elle ne soit pas trop vive pendant que je dégage les caisses. Au moment d'entrer dans la remise, je me tourne vers mon amie et lui recommande à voix basse :

— Tu m'attends ici... S'il m'arrivait quelque

chose, tu irais chercher de l'aide.

— D'accord... Fais attention à toi, Axel !

— Ne t'en fais pas, je pense que le hangar est vide.

13. La visite du hangar

Je me faufile par l'ouverture sans oser utiliser ma lampe. Une fois le passage franchi, je me relève et me retrouve dans le noir complet. J'allume ma lampe de poche en masquant la lumière avec mes doigts et j'observe furtivement l'endroit : je suis dans le débarras que nous avons déjà visité.

Tout au fond, je remarque la même porte. Cette fois, elle est grande ouverte.

Mon cœur se met à battre lorsque je m'en approche, n'éclairant que l'endroit où je pose les pieds. Dès que j'arrive à la porte, j'éteins ma lampe.

Tout est sombre. Aucune lumière, aucun

bruit !

Toujours au seuil, sans oser bouger, j'écoute. Et s'il y avait quelqu'un comme l'autre fois ? Par exemple, un gardien qui dormirait dans un coin... Je reste ainsi immobile durant plusieurs minutes peut-être.

Pas un seul bruit.

J'allume alors ma lampe et, toujours sans bouger, je me hasarde à éclairer l'intérieur du bâtiment. Je projette d'abord la lumière sur le pourtour. Je ne vois que des objets qui encombrent le bord des murs. Mais quelque chose attire mon attention : deux lits de camp. Ils sont vides. C'est peut-être là que dorment les deux hommes...

Au centre, les rails s'évanouissent sous la porte d'entrée. Puis j'éclaire peu à peu dans toutes les directions, dans tous les recoins.

Mais ma petite lampe n'est pas suffisante pour tout voir. De grandes masses sombres restent impénétrables. La bâtisse, prévue pour garer une locomotive et un ou deux wagons, est immense.

Il faut donc que je m'avance, mais par où commencer ? Je décide d'aller sur les rails et de marcher en éclairant de tous côtés. Je fais quelques pas et, brusquement, j'entends du bruit, comme une pierre qui heurterait quelque chose...

Cela vient de ma droite. Mon cœur se met à battre violemment. Je retiens mon souffle et éclaire dans la direction de ce que j'ai entendu.

Le bruit a soudainement cessé et je ne vois rien.

J'ai bien envie de fuir, mais il ne faut pas... Je n'aurai peut-être plus l'occasion de revenir. Alors, immobile, je scrute l'endroit à l'aide de ma lampe de poche.

Je reste ainsi une minute ou deux, balayant les lieux avec mon faisceau lumineux. Je ne vois que des tôles enchevêtrées et de vieilles caisses.

Tout est silencieux !

Alors je me dis que c'est sans doute une bête, peut-être un rat, qui a fait ce bruit.

Il me faut maintenant continuer mon exploration. De toutes parts, je ne distingue que des amas de ferraille, des vieux bidons et des planches. Mais, sur la gauche, quelque chose attire mon attention : quelque chose de brillant, de neuf...

Je m'approche et découvre quelques petites machines reliées à des tubes, du matériel électrique. Je suis bien incapable de dire à quoi tout cela peut servir. Peut-être s'agit-il des machines qui injectent du plastique sous pression ? Mais je ne crois pas, il me semble que ce serait différent de tout ce que je vois…

Mais alors qu'est-ce que j'ai sous les yeux et à quoi cela peut-il servir ?

Brusquement, j'entends tousser quelqu'un.

Mon cœur se met à battre follement… J'éteins ma lampe et reste un instant immobile, dans le noir.

J'attends quelques secondes. Rien d'autre.

Cela venait du fond du hangar. C'était peut-être Violette... Était-ce une façon de me dire de sortir ?

Je décide de la rejoindre tout de suite.

Je rallume ma lampe et me précipite. Je traverse la remise dans toute sa longueur. J'atteins le débarras, me faufile à travers l'ouverture et me retrouve à l'air libre.

Violette est là qui m'attend. Tout de suite, elle me rassure :

— C'est moi qui viens de tousser. C'était une manière de te prévenir, car j'étais inquiète... Tu as été si long ! Je ne savais pas ce que tu faisais.

— J'ai tout regardé, j'ai vu des machines bizarres, mais sans pouvoir comprendre à quoi elles peuvent servir… Enfin, je n'ai pas appris grand-chose...

— Rappelle-toi, Axel, demain soir à

Souvigne… On en saura plus.

14. Un drame se prépare

Toute la journée du lendemain s'est passée dans l'attente de la soirée de commémoration qui doit commencer à vingt heures trente à Souvigne.

J'ai le pressentiment que nous allons enfin en savoir plus sur le mystérieux train de la nuit. Je suis tellement pressé de partir que je prends mon repas du soir plus tôt que d'habitude. À dix-neuf heures, je suis prêt et me présente à la porte de Violette, tenant le guidon de mon vélo à la main. Nous irons à bicyclette, car ni les parents de Violette ni tante Aurélie n'ont l'intention de venir.

Violette sourit en me voyant :

— Mais je ne suis pas prête, Axel... Nous en sommes au dessert !... Ça ne fait rien, rentre !

Je ne me fais pas prier et retrouve Violette et ses parents. On me propose de prendre une part d'un gâteau au chocolat qui m'a l'air délicieux. J'accepte, cela fera mon deuxième dessert !

Enfin, quelques minutes plus tard, Violette, qui n'a pas l'habitude de traîner, sort son vélo. Nous empruntons une fois de plus la petite route qui longe la voie ferrée en direction de Souvigne. Il s'agit de rouler une quinzaine de kilomètres, mais ce n'est pas comme la dernière fois, dans la brume et dans l'obscurité, même si, au retour, il faudra revenir de nuit.

La route n'est pas aussi déserte que d'habitude. De nombreuses voitures circulent dans la même direction que nous.

Enfin, quand nous arrivons, la petite ville est en pleine effervescence. Une foule compacte se presse déjà vers les gradins. D'immenses écrans ont été préparés face au public. Un peu partout, des forces de gendarmerie encadrent les lieux.

Nous déposons, comme la dernière fois, nos vélos le long de la gare. J'en profite pour jeter un coup d'œil sur le quai : le train de la nuit n'est pas là, ce qui est normal, il est à peine vingt heures...

En attendant l'heure du début de la commémoration, nous flânons dans la ville. J'admire quelques engins militaires d'une autre époque stationnés sur la grande place. Puis, les personnalités arrivent de toutes parts. Quittant leurs voitures, elles montent à la tribune d'honneur, tout en haut.

C'est l'heure ! Il faut s'installer. J'entraîne Violette tout en bas des gradins, à côté de la gare, et je trouve deux places libres. D'ici, nous pourrons à la fois suivre le spectacle, mais aussi surveiller l'arrivée du train de la nuit.

De longues minutes passent. Les gradins sont maintenant envahis par la foule. Je ne regrette pas d'être venu en avance.

— C'est bientôt l'heure ! fait Violette en me poussant du coude.

Deux militaires en tenue se sont assis à côté de nous. Ils ont l'air bien au courant du programme. Violette les interroge alors sur ce que nous allons voir.

Nous apprenons qu'il y aura un défilé de véhicules militaires d'époque, des témoignages et des extraits de films anciens.

Une fois qu'ils ont fini de parler, elle est étonnée :

— Et le feu d'artifice ?

— Le feu d'artifice ? Mais je ne crois pas qu'il y en ait un de prévu...

À cette réponse, mon cœur se met à battre très fort. Violette est devenue très pâle.

Je la prends par la main en l'entraînant avec moi.

— Viens !

Et au risque de bousculer les gens déjà assis, nous descendons très vite pour rejoindre la place.

— Il faut en avoir le cœur net ! me dit Violette.

Se dirigeant vers un stand d'accueil, elle demande encore une fois s'il y aura un feu d'artifice ce soir.

La réponse est négative.

De mon côté, j'ai vérifié sur le programme : il n'y a pas de feu d'artifice prévu !

Affolée, Violette m'entraîne à distance du stand et se tourne vers moi :

— Mais alors, le feu d'artifice à neuf heures dont parlaient les deux hommes du train hier ?

Bouleversé moi aussi, j'ai la voix qui tremble en disant :

— Tu as eu la même idée que moi : c'est eux qui vont le provoquer !... C'était une manière de parler : ils vont tout faire sauter !

— Il faut prévenir tout de suite les autorités !

— Comment veux-tu qu'ils nous croient ? Nous n'avons absolument aucune preuve à leur apporter !

Violette proteste :

— Mais il faut essayer quand même, au moins les avertir !

— Bien sûr, c'est ce qu'on va faire, mais ils n'auront même pas le temps d'intervenir ! Il est bientôt neuf heures et le train va arriver d'une minute à l'autre…

Je me retourne et je regarde les gradins placés juste à côté de la gare, proches du quai que doit atteindre le train de la nuit. En une seconde, j'imagine la scène de l'attentat : le gros wagon, sans doute rempli d'explosifs, va tout faire sauter !

15. L'arrivée du train de la nuit

Violette s'écrie soudain :

— Regarde le train qui arrive !

Effectivement, là-bas au loin, je vois la silhouette du train, tous phares allumés, qui se prépare à entrer en gare.

Je prends Violette par la main et l'entraîne :

— Viens vite !

Nous atteignons la gare juste au moment où le train de la nuit arrive sur le quai. Je pose mes deux mains sur les épaules de Violette et lui dis d'une voix rapide :

— Il est presque neuf heures. Je vais aller à la

locomotive ! Toi, de ton côté, tu alertes les gendarmes et tu leur racontes tout ce que nous savons…

Je sens que Violette tremble entre mes mains. Je la serre un court instant dans mes bras en lui disant :

— Je dois y aller !... Maintenant, va de ton côté prévenir les gendarmes !

Elle me regarde une dernière fois et part en courant vers la place. Je me précipite alors vers le quai.

Sans me faire voir, je me poste derrière la haie où je m'étais caché l'autre jour avec Violette et j'observe de tous mes yeux.

Le train s'est arrêté et a éteint ses phares. Puis brusquement, le grondement du moteur de la locomotive cesse. Je regarde ma montre : il est neuf heures moins dix.

Deux hommes descendent de la cabine.

Sans même regarder le wagon, sans se retourner, ils partent, à pas allongés, presque en courant, à l'opposé des gradins et de la foule.

Sans plus réfléchir, je me précipite sur le quai désert et grimpe dans la cabine.

La locomotive est à peu près la même que celle de Tom, mais il s'agit d'un modèle plus récent. Mon cœur bat très fort tandis que j'observe le panneau des commandes à l'aide de ma lampe de poche.

Je crois pouvoir piloter la machine : la poignée de contrôle d'accélération et la manette de frein ne sont pas placées au même endroit, mais je les ai repérées. Maintenant, il me faut faire très vite.

Je dois d'abord trouver le démarreur. Ça y est ! Immédiatement, le moteur gronde en démarrant.

Je tire vers moi le levier d'inversion afin de passer en marche arrière. Je sais que les aiguillages sont réglés pour que le train puisse rejoindre sa gare de départ dans l'autre sens.

Je regarde ma montre : neuf heures moins sept ! Il faut que je roule immédiatement ! Alors, très vite, je libère le frein de train, saisis la poignée de contrôle et la tire brusquement, peut-être trop, car le moteur de la machine vrombit et les roues crissent sur les rails.

Le train part en marche arrière et s'éloigne très rapidement. La main toujours crispée sur la poignée de contrôle, je regarde dans mon dos par les vitres situées à l'arrière de la cabine. Nous passons les aiguillages et, quelques secondes plus tard, je me retrouve sur la voie ferrée principale, filant à toute allure.

Neuf heures moins trois ! Je jette un coup

d'œil par la vitre avant : la ville de Souvigne est loin. Je peux m'arrêter maintenant. D'un seul coup, je réduis le régime du moteur et pousse la poignée de frein à fond. Les roues crissent de façon terrible et la machine perd rapidement de la vitesse.

Sans attendre que la locomotive soit complètement arrêtée, je descends sur la plate-forme en m'appuyant sur le garde-corps. Dès que le train a suffisamment ralenti, je saute à terre !

Puis c'est une course éperdue vers Souvigne le long des rails.

Je cours, je cours sans cesse, complètement essoufflé !

Au bout d'un moment, sans cesser de courir, je me retourne : le train est loin de moi maintenant, il semble s'être arrêté. Je continue ma course folle encore et encore, mais la ville m'apparaît toujours lointaine.

Alors, n'en pouvant plus, plutôt que de m'arrêter sur la voie, je préfère entrer dans le bois qui est sur ma gauche, afin d'être à l'abri. Arrivé sous les arbres, je m'effondre à terre, haletant, les poumons en feu, ne trouvant plus ma respiration.

Peu à peu, je reprends mon souffle et me relève. J'appuie sur le bouton qui éclaire le cadran de ma montre : neuf heures cinq !

Me serais-je trompé ? Je m'avance derrière un gros arbre et observe la voie ferrée. Très loin, sur les rails, je distingue dans l'ombre la locomotive arrêtée.

Soudain, je ne sais plus ce qui se passe. C'est un vacarme terrible, une explosion d'une force extraordinaire qui éclaire tout comme en plein jour !

Un souffle énorme me projette à terre et le monde qui m'entoure s'effondre autour de moi !

Durant un instant, je reste plaqué au sol, ne sachant plus ce qui se passe, dans un bruit de tonnerre épouvantable.

Puis c'est le silence, d'un seul coup.

On n'entend plus que des crépitements, comme un feu qui brûle. Je me relève en titubant dans la fumée et la poussière qui m'environnent : je suis indemne !

16. La commémoration

Je m'avance vers la voie ferrée. Des flammes rouges gigantesques et une grande fumée noire s'élèvent là où était stationné le train. Des débris volent un peu partout et retombent lentement sur le sol. Tout autour de l'endroit où l'explosion a eu lieu, les arbres sont déchiquetés et brûlés.

Tout est dévasté... et pourtant quel soulagement d'avoir pu conduire ce train en plein bois pour éviter le drame !

Puis j'entends des appels. Je me retourne et vois des gens qui arrivent en courant de Souvigne en longeant la voie ferrée.

Je reconnais Violette qui accompagne un groupe de gendarmes.

L'un d'entre eux se précipite vers moi et, me prenant par l'épaule, me dit :

— Tu n'as pas de mal, mon garçon ?

Je lui réponds que non. Alors, me tenant par le bras, il m'emmène en direction des autres qui arrivent.

Violette, essoufflée d'avoir couru, est là qui m'accueille :

— Je leur ai tout raconté et ils m'ont cru ! Ils sont venus aussitôt !

Un des gendarmes, le plus âgé, s'avance vers moi, sans doute un commandant à voir ses galons. Il pose sa main sur mon épaule et me dit :

— Ton amie nous a rapidement raconté votre histoire et j'ai compris que nous devions intervenir tout de suite. Et nous arrivons, mais trop tard !... Heureusement que tu étais là... Et je peux te dire qu'en ce moment même, nous recherchons activement les coupables : ils n'iront pas loin, je viens de donner l'ordre de boucler toute la région !

Très ému, il ajoute :

— Tu as agi comme un homme, je te félicite ! Grâce à toi, un attentat terrible a été évité !

Puis, nous invitant à rester à ses côtés, Violette et moi :

— Allez, venez avec moi à Souvigne. Grâce à

vous, la commémoration va reprendre, même si elle se déroulera bien différemment de ce qui a été prévu.

Et, accompagnés par le groupe de gendarmes, nous arrivons sur la grande place.

La foule est en effervescence et regarde au loin, là où les hautes flammes s'élèvent encore sur la voie ferrée.

Le commandant nous invite à le suivre. Nous montons sur les gradins jusqu'à la tribune d'honneur, là où se trouvent les personnalités civiles et militaires. Très impressionnés, nous sommes un peu embarrassés, mais l'officier nous met à l'aise et nous fait asseoir à ses côtés.

Puis un homme devant un microphone invite chacun à se calmer et à reprendre sa place. Il annonce que les autorités ont une communication importante à faire au sujet de l'explosion qui vient d'avoir lieu sur la voie ferrée.

À ce moment-là, le commandant nous demande de nous lever et de rester à ses côtés pendant qu'un cameraman se poste juste devant nous. Je peux alors nous voir tous les trois – Violette, moi et l'officier – sur l'un des grands écrans qui ont été installés sur la place.

Le commandant prend alors la parole :

— La terrible explosion que vous avez

entendue tout à l'heure dans les bois aurait dû avoir lieu ici même !... Des terroristes, qui voulaient faire pression sur le gouvernement, ont caché une énorme bombe, de forte puissance, dans un wagon qui stationnait devant la gare... Mais l'attentat terroriste a été déjoué !... Et à l'heure où je vous parle, on m'apprend qu'on vient d'arrêter les coupables !

Des clameurs s'élèvent dans la foule qui s'agite. Le commandant demande le calme.

— Et j'ajoute que cet attentat a été mis en échec par ces deux enfants qui sont à mes côtés.

L'officier s'est arrêté de parler. La foule fait silence.

Puis il reprend, la voix altérée :

— Sans eux, nous ne serions peut-être plus ici ! Sans eux, l'endroit où nous nous trouvons serait détruit !...

Les spectateurs, bouleversés, restent toujours silencieux pendant que le commandant poursuit :

— Voilà, nous devons la vie à ces deux jeunes gens... Ils peuvent être fiers de ce qu'ils ont accompli !

Et là, c'est une immense clameur qui s'élève. Des applaudissements fusent de toutes parts. Ils ne s'arrêtent plus. Mais, quand le commandant reprend la parole, les acclamations cessent.

— Qu'est-ce qui s'est passé exactement ? Vous voulez certainement le savoir. Eh bien, ce sont ces enfants eux-mêmes qui vont vous le raconter.

Et il se penche vers nous, nous tendant le microphone. Très ému, je fais signe à Violette que je préfère qu'elle commence.

Alors, mon amie, bien droite, prend le micro. En découvrant cette toute jeune fille, la foule, surprise, se calme spontanément.

Violette parle lentement. Elle raconte comment nous avons vu le train de la nuit la première fois, nos doutes, nos soupçons…

Je regarde les gens autour de moi. Tout le monde l'écoute, ému, ne perdant pas une de ses paroles.

Elle continue en retraçant notre petite enquête, comment nous avons essayé de découvrir ce que transportait le train, comment nous avons compris que les caisses déchargées par les hommes sur le quai étaient sans doute vides…

Puis Violette s'arrête, bouleversée.

Elle se tourne vers moi et me tend le micro.

— Maintenant, à toi, Axel.

Impressionné par tant de monde, je prends le micro et je me lance, avec la voix qui tremble un peu :

— Ce que nous avons compris, c'est que ce train voulait faire croire à une activité normale, en roulant chaque soir jusqu'à Souvigne pour y déposer sa cargaison, même si ce n'étaient sans doute que des caisses vides, afin de donner le change... Ainsi, le train pouvait s'arrêter sur le quai ce soir sans alerter qui que ce soit. C'était une activité prévue, une activité de routine...

Et, prenant peu à peu de l'assurance, je continue en expliquant toute la suite de l'histoire, jusqu'au moment où j'ai conduit la locomotive, en n'oubliant pas de préciser que mon ami Tom m'avait appris à piloter une machine de ce genre...

Enfin, ayant terminé, je m'arrête de parler.

Il y a un grand silence qui me semble durer longtemps, puis c'est une immense salve d'applaudissements qui ne s'interrompt plus...

Et je ne sais comment cela se passe : des gendarmes s'avancent vers Violette et moi ; sous les acclamations qui redoublent, ils nous portent tous les deux en triomphe sur la place.

Nous défilons ainsi devant la foule. Je regarde Violette, elle est tellement émue qu'elle ne pense même pas à cacher ses larmes qui coulent en abondance sur son visage.

Alors, moi de même, bouleversé par l'émotion

qui est trop forte, je laisse mes larmes trop long-temps retenues s'échapper.

Je souris et je pleure à la fois ! Après tant de jours de recherches, d'enquête et d'obstination, je suis vraiment heureux...

Moi aussi, j'ai fait ma petite part pour que le monde soit meilleur !

Table

1. Le train mystérieux   5
2. La voie ferrée abandonnée   9
3. Le photographe   15
4. Une intuition   21
5. Julia   27
6. Encore le photographe   33
7. Intimidation   39
8. La gare de Souvigne   45
9. Un trajet en vélo la nuit   51
10. Que cache le train ?   57
11. Le passage   63
12. Un moyen d'en savoir plus   69
13. La visite du hangar   75
14. Un drame se prépare   81
15. L'arrivée du train de la nuit   87
16. La commémoration   93

DU MÊME AUTEUR
Marc Thil :

HISTOIRE DU CHIEN GRIBOUILLE
HISTOIRE DU PETIT ALEXIS
HISTOIRES À LIRE LE SOIR
HISTOIRES À LIRE LE SOIR 2
HISTOIRES À LIRE LE SOIR 3
LA PETITE YVANA
LE MYSTÈRE DE LA BAGUE DE SAPHIR
LE MYSTÈRE DE LA FALAISE ROUGE
LE MYSTÈRE DE LA FILLETTE DE L'OMBRE
LE MYSTÈRE DU TRAIN DE LA NUIT
VACANCES DANS LA TOURMENTE
40 FABLES D'ÉSOPE EN BD

Sous le nom de Jonathan Macauda :
ENQUÊTE À L'ÎLE-BOUCHARD
JE FERAI TOMBER UNE PLUIE DE ROSES (Thérèse de Lisieux)
STELLA ET L'OMBRE DU PASSÉ (01)
STELLA ET LA PÉNICHE ABANDONNÉE (02)

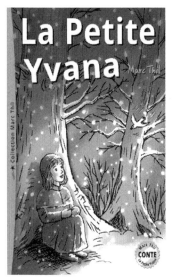

LE MYSTÈRE
du train
de la nuit
Marc Thil

LE MYSTÈRE
de la fillette
de l'ombre
Marc Thil

LE MYSTÈRE
de la falaise
rouge
Marc Thil

LE MYSTÈRE
de la bague
de saphir
Marc Thil

Manufactured by Amazon.ca
Bolton, ON

32397738R00061